시로 더 좋은 세상 만들기

시로 더 좋은 세상 꿈꾸기

발 행|2021년 11월 1일

엮은이|윤일현
펴낸이|신중현
펴낸 곳|도서출판 학이사

　　　출판등록 ： 제25100-2005-28호
　　　주　　소 ： 대구광역시 달서구 문화회관11안길 22-1(장동)
　　　전　　화 ： (053) 554~3431, 3432
　　　팩　　스 ： (053) 554~3433
　　　홈페이지 ： http://www.학이사.kr
　　　이 메 일 ： hes3431@naver.com

ISBN_ 979-11-5854-327-3

윤일현 외

115 명

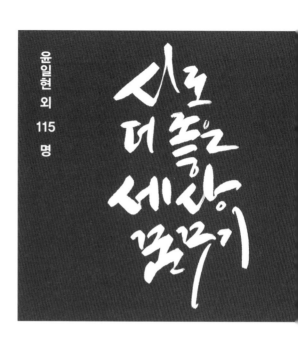

'시로 더 좋은 세상 꿈꾸기'를 출간하며

가을이 깊었습니다.
대구시인협회가 시로 대구 시민 여러분께 인사드립니다.

대구시인협회는 지난해 전국 최초로 코로나19 엔솔로지 '아침이
오면 불빛은 어디로 가는 걸까'를 출간하여 '생태학적 상상력'과
'희망의 연대'를 강조했습니다. 코로나19는 아직 종식되지 않았고
우리는 코로나19 이후, 또는 코로나19와 함께 살아야 하는 상황
에 대비해야 합니다.

우리는 지금 '섬세한 감성과 상상력, 창의력'이 생존 수단과 경쟁
력이 되는 시대를 살고 있습니다. 시가 그 역할을 담당할 수 있습
니다. 대구는 시문학사에 한 획을 그은 시인을 많이 배출한 '시의
도시'입니다. 대구 시인들의 시를 읽으며 보다 아름답고 풍요로운
삶과 더 좋은 세상을 꿈꾸시길 소망하며 이 시집을 시민들께 바칩
니다.

2021년 11월 1일, 시의 날
대구시인협회 회장 윤일현

독도에서는 갈매기도 모국어로 운다

강문숙

독도에서는 갈매기도 모국어로 운다
가갸거겨 뱃전에서 모음과 자음으로 끼룩대다가
ㅅㅅㅅ 커다란 날개 저으며 저희들끼리 대오를 이룬다

동쪽에서 떠오른 해가 맨 먼저 어루만지는 한반도의 등대
독도의 깨진 정강이를 쓰다듬는 파도의 울음 하도 간절하여
빳빳하게, 대한의 팔뚝힘으로 흔들리는 풀잎들
섬의 젖꼭지를 물고 있던 섬말나리꽃 다홍색 입술이 짜다

새들이 죽을 때 제 고향으로 머릴 두는 것처럼
그리운 것들을 향해 제 그늘을 내어주는 해송처럼

저녁이 오고,

독도는 바람의 결이 빚어낸 바위의 모진 角을
지긋이 한반도 쪽으로 기울이다가, 분연히
다시금 홀로 일어서는 것이다

그냥 한 번 불러보는

강해림

엄마, 한 번 불러보지도 못하고 사산된 울음아

소경을 불러 미친 어미를 꽁꽁 묶고 복숭아 나뭇가지로
후려치면 비명소리에 도망치던 귀신아

엄나무 가시를 뽑을 때마다 생각나는 그리운 역병들아

그 흔한 봉분도 관도 없이 처형의 세월 견디고 있는 말의
침묵, 말의 형벌아

너 가면 나도 갈 텐데, 남긴 뼈 하나 채 수습하지 못한 청춘아

버려진 상엿집 똬리 튼 배암 옆에서 하루 종일 잠이나 자
빠져 자는 오색 만장 같은 슬픔아

단 한 번의 사정射精을 위해 백 번을 참고 참았다가 오는
새벽아

허공에, 넋전이 나부끼고 무쇠식칼이 날아다니고 쌀알이
흩어진다 흰 피 풀어 씻김굿 하는 어둠아

환한, 밤의 자궁아

너에게로 가는 길

강현국

너에게로 가는 길엔
자작나무 숲이 있고
그해 여름 숨겨 둔 은방울새 꿈이 있고
내 마음 속에 발 뻗는
너에게로 가는 길엔
낮은 침묵의 초가草家가 있고
호롱불빛 애절한 추억이 있고
저문날 외로움의 끝까지 가서
한 사흘 묵고 싶은
내 마음 속에 발 뻗는
너에게로 가는 길엔
미열로 번지는 눈물이 있고
왈칵, 목메이는 가랑잎 하나
맨발엔 못 박힌 불면이 있고

계림에서 하루몽

그 숲에서 닭이 울고
제 몸의 90%를 잃은 늙은 회화나무가 운다

1300년을 살았어도
새 잎을 피우는 경이 넋 잃고 보다가
길 잃은 여자
숲을 헤매다 쓰러져 잠이 들고

신라의 옷을 입은 여인이
빛을 따라 걸어가 당도한 곳에서
금궤 속 사내아이가 운다

계림의 장막을 걷어내며
아이를 안은 여인이 걸어나온 이 곳
2021년 경주
사라지지 않는 서라벌의 땅

백두산

곽태조

빛하늘 머리에 이고
거울 같은 천지 속에
얼굴을 씻는 산

고개 잠시 들어보니
장백산 표석이 놓여 있다

아 여기가 언제부터
중국 땅이었나
하얀 새 수건 꺼내
원통한 백두의 이마를
닦아주고 나니

천지를 가둔 산봉우리들이
사방에서 너도 나도 원통하다며
그림자를 벗는다

천지를 건너서
저 높은 조선 땅에서
백두산을 보고 싶다

노을

구석본

누군가
그어놓은 점선에 갇혀
쇳물처럼
안으로만 안으로만 끓어오르던
그리움이
한 생이 다하여 저무는 순간,
점선 바깥으로
왈칵 쏟아져
구천九天으로 흘러가고 있다.

오늘도
한 사람의 그리움이 붉은 점선을 그으며 흐르고 있다.

달맞이꽃

구옥남

사는 일 팍팍한 모래톱 같은 날
나, 성주호로 간다
푸르렀던 잎들도 서둘러 이별을 고하고
내 안에 갇혀 피우지 못한 꽃
지난날 나의 청춘과 사랑과 실연들도
이제는 보내리
저 덤불 속 나를 기다렸을 노란 미소여
이제는 환히 웃으라

달밤

권기호

달빛이 지구 내부 깊숙이 스며든다.
유월의 과일로 지구의 가슴은 부푼다.

얼굴을 드러내지 않고 모든 것을 애무할 줄 아는
신들은
털이 무성한 손으로
지구의 가슴을 문지른다.

잘 닦여진 식탁 위에서
나프킨은 모두 피리가 되고

그림자가 짙은 골짜기에서
신의 정수를 내리며
모든 여인은 더워진다.

몇 개의 침대 위에서
푸른 빛 나는 알을 잉태한 여인들은
가장 무성한 나뭇가지에 은하를 걸어둔다.

징 하네요, 정말

권영호

징 하네요, 정말
끝나기만을 막연하게 기다려야만 하는
하루하루, 함께 하지 못하는 시간들만
돌아 앉아 하염없이 눈물짓는 건.

정말, 징글징글 하지요
견고하게 발목 잡힌 그대의 일상들이
그림자 길게 끌며 돌아와 우는 건.

오늘도 코로나19로
열심히, 열심히 아직도 우린
기약 없는 자가 격리 중.
징 하네요, 정말

곶감 먹고 살아요

권정숙

연금 받으시나요?
아니요
그럼 아직 일을 하시나요?
아니요
자제분이 도와주세요?
아니요

그럼 무얼 먹고 사나요?
곶감 먹고 살아요

에어프라이어

김건화

강요된 희망은 고문이기에
잊은 듯 하염없이 기다립니다

예열해 놓은 열정은 뜨거워도
무심한 절제를 배웁니다

까맣게 타버릴지 모르니까요

타이머 맞춰놓은 믿음과 관망 사이
한눈팔면 어림없습니다

수미감자 칩처럼 질리지 않게
조심조심 다가갑니다

물도 기름도 불이 없어도 공기처럼
우린 담백하게 익어갑니다

헛배

김기연

가령,
사랑 같은 걸
꾸역꾸역
밀어 넣어
헛배 부른 날
배꼽 지그시 누르면
눈물이 난다

마구마구 부풀리어
꽃물 든 산
그럴 줄 알았다
소쩍소쩍
哭이 번진다

작약꽃 피우기

김도향

사랑한다 그 말 한 마디 하기 위해
자음들, 모음들 또 많은 經들
달달달 곱씹었다
胎中에서부터 되뇌이던 진언
안으로 꽁꽁 다져 마름질하던 주문
산새가 엿들을까
뭇꽃들이 훔쳐갈까
바람이 앗아갈까
두 겹 세 겹 책장 엮듯
굳게 말아 쥔 주먹
한방의 펀치로 무너뜨리며
수류탄 터지듯
한 마디 펑 던진 화두
사랑한다
사랑한다
사랑한다

황진이

진이,
그대는 가야금 침향무를 뜯게

나는 그대의
치마폭 위에 분홍 진달래꽃을 치겠네

노을로 번진 눈물을 치겠네
흔들리는 그 바람의 무늬를 치겠네

중모리 중중모리 휘모리로
피어 노는

저 비슬산 꽃의 한 生 다 떨어지기 전,

진이,
그대는 침향무를 뜯게

나는 엉망진창 술에 취해
대견봉 그 둥근 달빛에 붓을 적셔

그대 치마폭 위에
분홍, 분홍, 분홍, 분홍, 그렇게 번지겠네

hand and hand
－대구 신천에서

김명희

조부님 나들이 거딜 앞세운 동네 길이 광채롭다
할머닌 감히 따라나서지 못하시고
부모님 시대 나들이는 일렬식 어머닌 한걸음 띄워 따라가
신다
지아비 어깨 나란히 걷는다는 것 양반집에서는 예의 어긋
나는 일
흔한 말로 시대가 달라졌다
늙수그레한 부부 두 손을 잡고 신천 둑을 걷는다
애틋한 눈길 먼 산에 두고 어색한 두 손은 자꾸 뒤로 감추
려고 한다
젊은 부부 하얀 말티즈 목줄 끌다가 당기며 둑을 걷는다
사람은 둘, 손은 넷이 아닌 둘이다
남편 주머니에 손 하나씩 넣고 껴안듯 가고 있다
행복 가동 중, 웃음소리도 취한 듯 갈지자
세상 아무리 변해도, 88올림픽 때 '손에 손잡고'
지구 가득 울려도 할아버지 할머닌 손잡지 않으셨다
헛헛한 헛기침만 할머니 손으로 전해졌다

갑장산 가을 해 떨어질 때

갑장산 가을 해 떨어질 때, 다시 기일룞日.

들꽃 향 측백 향 은은한 맑은 이, 먼 길 오시네
한정없이 길어진 내 목. 가슴 뛰네.

건너 빈방 깊숙이 푸른 바람 채워
속살 정결히 마주 앉아 잔 나누면
얕은 잠결 애틋하게 어느새 맞는 새벽

나는 아네. 울며 떠난 이. 향기로 남긴 무언無言를
갑장산 가을 해 떨어지면 그리움으로 거듭 오실 이

그 순간 위한 내 긴 목, 열심히 더 길어지는 목.

늦가을

김상연

산간벽지나 시골로 여행을 하다 보면 감을 깎아 죽담 위 처마에 매달아 곶감을 만드는 집이 있다

기제나 명절 제사상에 올리고 남은 곶감은 서리 맞은 깨양*이랑 손자 손녀들 손에 군것질거리로 쥐어주던

눈에 밟히는 익숙한 풍경을 만나면 고향 집에 온 것만 같아

아부지 엄마
저 연이 왔어요 하며

담장 너머 가을볕을 한껏 품은 마당에 마음의 발을 들인다

그러면 장하고 밥하고 나물새랑 소박하게 차린 상에 내외가 마주앉아 가시 박힌 손으로 밥술을 뜨다말고

들릴 듯 말듯한 곰삭은 목소리로 밖에 누가 왔나 하며 어제 같이 방문을 열고 내다볼 것만 같다

* 깨양 – 고욤의 지역 말

온 몸으로 말할 때

김상윤

열차에서 내린 펑퍼짐한 아주머니
누군가 향해 절실하게
손 흔들고 있었다 살펴보니
한 뚱뚱한 아저씨가 개찰구 밖에 서 있었다
비닐봉지를 들고

뒷모습만으로 그녀의
얼굴표정을 짐작하겠다

손을 흔든다는 것
그것도 아주 반갑게 큰 동작으로 흔든다는 것
울컥 아름답게 느껴졌다
온 몸으로 하는 말
'나를 봐! 나 여기 있어!'

너를 보면 나도 팔을 뻗어
기쁨 속에 크게 크게
손 흔들어야겠다

우음 偶吟

김상환

달빛이 가지 사이로
고름처럼 새어 나온다
새로운 병은 나을 기색조차 없다

기별의 기별도 없이 사라진
먼 나무
그늘로 삼이 자란다

빈집에 홀로 남아
에릭 사티의 〈짐노페디〉를 듣는다

베란다의 꽃이란 꽃은 말이 없고
느리고 슬픈 피아노의 무한선율

명가명비상명*의 저녁이 가고
이름을 알 수 없는 새벽이 온다

꿈은 사라지고 나는 아프다
당나귀와 살갗과 집시와
거룩한

* 노자 『도덕경』 1장. 명가명비상명(名可名非常名, 이름으로 부를 수 있는 이름은 불변의 이름이 아니다.)

달을 품다

김선굉

겨울 달이 하현 쪽으로 이울어가고 있다.
찬 하늘에 높이 뜬 그 팔자가
얼마나 춥고 기막히겠는가.
손을 뻗어 달의 얼굴을 만진다.
이런, 열이 있다.
끌어당겨 품에 안는다.
내 몸이 하늘인 양 이 녀석이
밤이 새도록 몸을 도는 것이었다.
밤새도록 몸이 환했다.
하루 낮을 더 품고 있다가
다시 하늘에 올려놓았다.
캄캄해질수록 더욱 환하게 잠기는
내 몸은 흐르는 강물.
월인천강 황홀한 물길이
내 몸을 휘감아 돌고 있다.

석양의 우마차

김세웅

쩔어서 퇴근하는 저녁
눈높이의 석양을 바라보며 말을 몰 듯 차 모는데
덜컹이며 앞서가는 화물차
그 뒤칸에서 날아오는 가축의 분뇨 냄새
가축은 없이 빈 우리, 쇠창살만 덜컹이는데
말 그대로 가족인 가축을 어디에다 부리고 돌아가는 우마
차냐
아무래도 나도 어디에다 스스로를 부리고 돌아가는 느낌
몸 속에 거름 냄새 사람 냄새 가득 풍기는데
정작 사람은 어디에다 부리고 돌아가고 있다
못 피우는 담배 물고 눈으로 화물차를 좇다보니
아니다, 나는 스스로를 부리러
가는 길이다.

노란 신호등

김옥경

봄이 너무 짧아졌어요
겨울과 여름 사이로
있는 듯 없는 듯

바람은 너무 달콤해
잠시 횡단보도 앞에 서 있어요

노란 신호등도 너무 짧아요
빨강과 초록 사이
있는 듯 없는 듯

고드름

김용락

의성 신평재 넘어
첩첩산중
주인 없어 문짝 떨어지고
마당에는 쑥대머리 잡초만 수북한
낡은 집 스레이트 지붕 처마에
어른 팔뚝만 한 고드름이 달렸다
땅을 보고
대지를 향해 밑으로만 질주하는
고드름이 끝내 가 닿을 곳
날아가는 겨울 새떼는 모른다

세상일을 모르고 날아가는
새떼들의 머리 위로 첫눈이 내리고 있다

파

김욱진

해 저물녘 칠성시장 한 모퉁이 노점에서
한평생 파만 몇 줄 놓고 파는 노파
한 뿌리 대여섯 닢 나와 두 줄로 자란 파
땅심으로 겨우 보았다

무슨 파냐고 묻기도 난감하고, 거기
오갈 데 없는 노파심 불러 파절이할 파나 한 단 사자고 그
럴까
금세 갈래갈래 쪼개지는 파

긴 원기둥 모양의 관처럼 속이 텅 빈, 평활한 잎이다
끄트머리는 뾰족하게 닫혀 있고
아랫도리는 돌레돌레 감싼 잎집이다

녹색 바탕에 흰빛이 돌고 끈적끈적한 점성이
한파 속 쩍쩍 갈라진 틈새를 보듬어주고 있다

좌파도 우파도 아닌, 그저 올곧게 제자리 지키며
늘 푸른 세상 꿈꾸는 노파

어디, 저런 대쪽 같은 파 한 뿌리 없을까

도토리

김윤현

미끄러지는 곳에서 생은 늘 시작된다
떨어져 구르고 구르다가 머무는 곳이 터전이다
부딪히지 않으려 몸가짐을 둥글게 하다가도
가을이 오면 도토리는 낮은 곳으로 구른다
다람쥐 눈에 띄지 않게 낙엽이 살짝 덮어주는 곳도
추워지면 마른 풀이 포근히 감싸주는 곳도
가슴 넓은 흙처럼 다 낮고 낮은 곳이라며
낮은 곳에서도 꿈을 다시 꿀 수 있다며
도토리가 짓는 표정에는 주름 하나 없다

연애

김은령

세차게 비 내린 뒤
꽃잎은
축축하게 겹쳐져
청록의 긴 목대에 뭉쳐있다
연의 둥근 잎은
물먹은 분홍미농지 같은 꽃의 무게를
가만히, 가만히 받아서 물 위로 내려놓는다
물의 마음은

荷!
그 아래에 있다

서로
아주 잠깐 일렁거렸다

달 집

김은영

둥, 둥, 둥
솟구친 몸
어둠을 녹여
별을 날아오르다
하늘에
닿지 못하고
이내 사라져 버린 이루지 못한 소원들
거꾸로 두둑두둑 떨어진다

때 묻은 달이
포장마차에 걸리고
첨벙첨벙 소주에 적셔진
간이 벌겋게 탱탱해진다
불 무덤이다, 내가 그 달 집이다

밤을 낚다

김정아

부리 긴 왜가리 더듬던 물 속
번쩍 들어 올리는 고개가
달빛에 환하다

순간, 번뜩이다 사라지는
비늘 맑은 물고기

내가 응시하던 것이
내 눈에 보였던 허공이
벌린 입 속으로 사라졌다는 것

그건 어젯밤의 꿈일까

저 혼자 일렁이다
물살 잠재운 개울은
아무 일 없다는 듯이 고요하다

다시 부리를 박는 물의 데칼코마니

그림자 가둔 저 상자 안에
무엇이 들었는지
우리는 알 수가 없다

사랑

김종근

이른 봄 벚꽃처럼
환하게 다가오기도 하다가

연초록 잎 되어
순수하게 자라나기도 하다가

한여름의 장미처럼
붉게 피어
진한 향기 내뿜기도 하다가

서로의 마음
보이지 않는 자석이 되어
팽팽한 긴장을 이루는 것이다.

도마와 의자

김종태

부부 모임에서
주방에 관한 내 무관심이 도마에 오른 뒤

집에 와 도마를 보니
움푹 팬 칼날의 상처는
당신의 하지정맥
신음 소리 밤새 끙끙 들렸다

손끝 하나 까딱하지 않는 내게
"지금이 어느 세월인데"라며
누워있던 도마가 벌떡 일어나는 건
틀림없는 반란의 징후들

이제, 내 남은 생도
칼바람 다 받아낸 고인돌인 양
견골 나른한 나비에게
쉬어갈 의자가 되어주라 한다

지우기

김주완

세상이 세상을 지운다
낙엽이 먼저 떨어진 낙엽을 지우듯이
구름이 흘러 구름을 지우고
비가 내려 비를 지운다
삶이 삶을 지우고, 죽음이 죽음을 지운다
열심히 거두고 채우면서 살아도
산다는 것은 짐짓 지우는 일
하루하루
나는 나를 지우고
당신은 당신을 지운다
가시는 가시를 지우면서 가시가 된다

농우 길들이기

김창제

배냇소 이랴 어디어디
다래나무 코뚜레 끼고
콧구멍 벌름벌름
가난이 가난에게 이랴 어디어디

새벽달 논빼미에 이랴 어디어디
청오이 덩굴손에
막내둥이 잠꼬대에
철 지나는 구름에게 이랴 어디어디

꽁보리밥 젓가락에 이랴 어디어디
개똥 먹은 들꽃에게
꺽굴가재 더듬이에
가난이 가난에게 이랴 어디어디

"아부지 인자 밥 묵고 합시다"

봄날의 시

김청수

홀로 길을 걷다
필까말까 망설이는
꽃 앞에 서서
당신이 말을 걸 때
꽃은 시가 되어 핀다

가시고기

김형범

괜찮아

빈 속을 찬 물 한 잔으로 채워도
오늘도 내 땀을 팔아야 한다

천 근 같은 삶 홀로 지고 발버둥친다
한파 몰아치는 벼랑 끝에 서서도 너털웃음 짓는
그 뒤켠에는 드센 물결 소리 뿐

모래밭에 꽃 한 송이 피워보려고
숯덩이 가슴 색칠하여 팔색조가 된다

분주한 몸짓으로
거친 물살을 쉼없이 헤엄쳐도 늘 제자리

이정표는 어디 있나

여름은 가고

노현수

처서 지나자
아무 일도 없었다는 듯
지루하고 긴 더운 밤들이
허연 허벅지 사이를 빠져나간다
귀를 막아도 귓속에
이명처럼 남아 있는 여름
끈적거린다
돌아보면 죄다 숨 막혔던 흔적들뿐
그래도 광란의 빗속에서 아기가 태어나고
죽음을 보내는 무거운 발걸음은
아무런 소리가 없다
점점 짧아지는 해를 삼킨 붉은 꽃
늙은 목 길게 늘어뜨린다
도돌이표처럼
계절은 또 대문 앞을 서성인다
여름과 가을 사이에

소월리 애가哀歌

도광의

뜰이 치자꽃 하얀 향기로 물들었다
보라 수국꽃 피우지 못했지만
연분홍 구름 국화는 꽃 피웠다
주황 껍질 꽃씨 빼고는
입 안 가득 부는 꽈리도 심었다
지갑 지폐는 술로 구겼고
수심으로 보내는 어머니 눈길이
살고 싶은 세월을 등지고 누워 있었다

주걱

류인서

나의 손에 손목 잡힌 얄따랗고 단단한 슬픔입니다.
손거울 보듯 들여다봅니다.
누군가요? 유령처럼 눈 코 입이 없는 이 얼굴은.
얼굴이 아니면
손가락 없는 손바닥, 발가락 없는 발바닥,
손가락 대신 발가락 대신 몇 개의 현을 빌려준다면 그의
몸 비파족族의 악기라도 될까요.
울림통이 없으니 들리지 않는 노래 될까요.
듣지 못하는 귀 될까요.

젖은 그의 손목을 놓친 적이 있습니다.

꽃사과 단상

초가을 햇살 내려와 앉는 마당
여름 끝자락 잡고
뜬금없이 벙그는 꽃사과 나무에
나를 되돌아본다

나이 핑계 삼아 접어두었던
장마철 빨래 같은 마음
여섯 살 손자 웃음 같은 햇살 앞에 널었다

내 마음
먼바다 코발트 빛으로 물들면
굳어버린 시간과 삶은 고요에 머물러
컴퓨터 자판 앞에서
꽃사과를 시로 그려낸다.

첫사랑보다 붉다

매미, 뻔뻔하거나 무성하거나

모현숙

내 속엔 내가 넘쳐 빈틈없이 가난하다
목소리라도 덜어내고 널 앉혀야겠다
세상이 시끄럽다고 비난하든 말든
소리 질러 네 앉을 자리 하나 만들 거다
한여름 내내 뻔뻔해질 거다
마음속에 널 무성하게 할 거다
네가 내게로 찾아오는 시간까지가 여름이고
내가 널 향하는 여름까지가 평생인 것을

너만 있으면
나는 무서울 게, 하나도 없다

침묵

문성희

그날도 문밖에 서 있었다
허공 가득 담긴 어둠 속에
두 눈은 네온 불빛 되어
금호강에 젖어 흘렀다

고통의 대물림 침묵 되어 흐르고
한낮 따가운 햇살의 파편들
뜨거운 심장을 뚫고 헤쳐도
그 자리에 있을 때는 몰랐다

뜨거운 피 와인이 되어
유리잔에 담겨 목젖을 적실 때
참는 것이 미덕이라 믿었던 그
찢어지는 아픔을 희열로 믿었다

황량한 대지에 녹색 노래가 흐르고
한송이 꽃이 피어나는 그 순간
어둠의 진실에 묻혀있던 침묵을 보았다

바람의 흔적

문수영

기다리지 않아도 아무 때나 바람 분다
눈 감고 있을 때 가볍게 책장 넘기며
어제를 날려 보낸다,
다 읽지도 않고

내 마음 들킬까 봐 못으로 조였는데
깊숙이 감추어진 부끄러움도 들춰낸다
바람이 지나간 자리,
서정시 한 편
더운 입김 불어 넣어 겨울을 멀리 보내고
언 땅이 녹을 때 꿈틀거리는 나뭇가지
싹 트고 꽃이 피는 건 모두
바람의 흔적

달북

문인수

저 만월, 만개한 침묵이다
소리가 나지 않는 먼 어머니
그리고 아무런 내용도 적혀있지 않지만
고금의 베스트셀러 아닐까
덩어리째 유정한 말씀이다
만면 환하게 젖어 통하는 달
북이어서 그 변두리가 한없이 번지는데
괴로워하라, 비수 댄 듯
암흑의 밑이 투둑, 타개져
천천히 붉게 머리 내밀 때까지
억눌러라, 오래 걸려 낳아놓은
대답이 두둥실 만월이다.

하루살이

박경조

속도에 지쳐 건너온 송림사 환한 법당

저 하루살이 주검들

나도 저처럼 단 하루만 살아야 한다면

그 누구 이름부터 풀어 놔 줄까

참말로 누구일까?

절마당의 맨드라미도

토닥토닥 제 붉음 떨구는데,

즐거운 여행

박경한

동백항에서 배를 타고 육지에 닿았다
매화역 지나 개나리역에 도착했고
개나리역 거쳐 산수유역으로 갔다
매화역은 흰 등을 달았고
산수유역은 노란 등을 달았다
산수유역에서 사이다 한 병 사 먹고
삶은 계란 파는 목련역에서 내렸다
꽃그늘 아래 소주 한 병 마시면 좋으련만
열차가 곧 출발한다기에 승차했다
다음 역은 벚꽃역이라고,
벚꽃은 벌써 졌을 수도 있으니
너무 큰 기대는 하지 말라는 안내 방송이 나왔다

면 보자기

박금선

떡을 찌려고
싱크대 서랍 깊숙이 있던
면 보자기 하나를 꺼냈지
천을 이어 붙이고 손으로 홈질을 한
엄마가 만들어 주신 보자기
몇 해를 묵혀 누르스름하고 음식 얼룩이 남은
보잘것 없는 넓적한 천
접은 보자기로 볼을 부비며
냄새를 맡으며
잠시 옛날을 떠 올려보는 시간
멀리 깊은 곳에서 오는 인기척
만지작거렸지
거칠고 뻣뻣한 보자기 한 장
쭈글쭈글해도
이 세상에 없는 흔적을 더듬어보는 순간
모든 별빛이 다 나에게 오는 것 같았어

폐선을 꿰매고

박복조

폐선을 끌어다가 언덕에 놓았다
배 부서진 엉덩이를 들어 올리고
짙푸른 페인트를 꼼꼼히 칠해
금 간 곳을 호호 불어 녹여 붙인다
끊어지지 않는 실로 꿰매듯
꼼꼼히 뽑아 올리고 꿰어내어
박음질한다
언제나 어디로 가고 싶던 역마살을
꿰매고 있다
날개 틔워 훨! 날아갈 때까지
이 폐선에 숨 불어 넣고
그 안에서 살아 보려고,
언제, 어디든 가겠지,

날개만 날려 보내고
우두커니 서 있는 들판

먼나무

박상봉

간이역에 나를 내려주고
서둘러 제 갈 길 가는 기차

꽁무니가 보이지 않을 때까지
오래 바라보았네

언제 올는지 모르는 기차를 기다리며
청마루에 걸터앉아

하염없이 먼 데를 바라보던
기찻길 옆 오두막집 어린 소년은

기차도 떠나고 없는 텅 빈 역사 앞에
오늘도 먼나무처럼 홀로 서 있네

기다려도 오지 않는
그대는 나의 먼 나무입니다

돌탑

박상옥

돌탑은
손끝의 떨림에서 시작되고
손끝의 안도에서
또 다른 떨림이 시작된다.
멍울진 가슴 보듬어주는 자상함이다.
소망 하나 얹어줄 길손
기다림이며 보냄이다.
비는 자의 간절함이며
침묵의 합장이다.
돌탑은
하늘을 이고 살며
먼 길 돌아서 가는
꽃의 이름이다.

비보호좌회전

박성호

가을비가 부슬부슬 내리는 오후
신매동 대백마트사거리 좌회전신호를 기다린다
직진신호 걸리고 묵묵히 순서를 꼽아 보는데
뒤에서 울리는 요란한 경적
백미러에는 한결같이 좌로만 출렁이는 도깨비들의 함성
엄마 잃은 아이처럼 두리번거리다가
문득 바라본 하늘 한 모퉁이에는
엽서처럼 걸려있는 작은 푯말 하나 비보호좌회전
반대편 차량은 쉼 없이 몰려오는데
젖은 불빛 깜박거림이 독설로 나의 가슴 콕콕 찌르고
가엾은 나의 차는 빗 독촉에 오들오들 떨고 있다
마침내 용기 내어 그냥 돌아보려는데
힐끗 쳐다보며 비켜가는 좌회전차량 하나
한 가닥 방황을 길바닥에 내던지고
얼떨결에 밀려가는 비보호좌회전

아이스크림

박숙이

차가움만 있고 달콤함이 없다면
널 멀리 할텐데
차가움 속의 달콤함이
혀에 살살 감기는 너

너는 그런 여자다

그 보릿고개

박언숙

던져놓은 기억 속을 꾹꾹 찌르는 까끄레기
구수해서 더 배고픈 보릿대 타는 연기
들여다볼수록 시커멓고 캄캄하던 아궁이
목젖이 다급하게 불러대는 빈 숟가락질
쭉정이들 탈탈 털어낸 노름방 문틈으로
풋보리 닦달하랴 울화통 터진 어머니 키질
오뉴월 보리북데기처럼 훨훨 날아간
먼 그리움
다 던져두고 어머니만 건져내고 싶은 저녁

별이 된다면

박영호

들판에 흐드러진 저 꽃들이 별이 된다면
밤하늘이 얼마나 아름다울까
아름답게 지저귀는 저 새들이 별이 되어 노래한다면
천사들의 노래가 저보다 더 고울까
은빛 비늘의 고기들이 별이 된다면
하늘이 은빛 물결로 일렁이겠지
꽃과 새와 고기들이 어우러진 은하수를 건너면
오작교 넘어 그리운 당신 만날 수 있을까요
나도 별이 된다면 어둠속에만 빛나는 별이 아니라
언제나 아름답게 빛나는 별이 된다면

아부

박용연

검은 레깅스 차림의 아가씨
탱탱한 힙에서 다리의 곡선까지
내 눈에 쫙 달라붙는 순간
반사적으로 터져 나온
"기똥차다"란 말
뱉어놓고 실소失笑 하는데
우심방 좌심실에서
내 귀에 바짝 대고 하는 말
형님, 아직 살아있다는 거 아입니꺼!

미세먼지

박유진

온통 나를 에워싸고 있어
우수수 은하의 별들로 쏟아지고 있어
눈이 안개처럼 흐려져서 감아버렸어
눈 감으면 사라질 줄 알았어

호흡마다 허파에서 숨 쉬고 있어
맥박마다 심장에서 펄떡이고 있어
핏줄 타고 세포마다 촘촘히 스며
사유마다 뇌수에서 반짝이고 있어

꽃으로도
세상 어떤 것으로도 너는
내게 와 숨 막히게 하고 있어.

가을 연애

박윤배

악착같이 살아내는
가을이다

살다 뒤늦게
제 짝 만난 고추잠자리
뜨겁게 달라붙다가
달아오른 꼬리

일렁이는 물살에
찍고가는
그런 가을이다

봉선화 물들이기

박정남

하얀 백반과 소금을 넣어
실로 챙챙 매면
지난 밤 폭풍우에 유난히
붉게 피며
떨어진 봉숭아가 내 죽어도
썩지 않을 손톱 속에
오롯이 들어 앉는다
비의 끝에 쪼그리고 앉은 사람이
비바람쳐서 낭자하게 다툰
역사의 마음을 읽는
손가락 끝의 혼례식이 아프다

동행

박종해

비 오는 날은 비를 맞으며
그대와 같이 술 취해 걸었습니다
눈 오는 날은 눈을 맞으며
그대와 같이 주막을 찾았습니다
지금은 비가 와도 눈이 와도
그대를 만날 수 없습니다
비 오는 날이나
눈 오는 날이면
그대를 생각하며
나 혼자 먼 길을 걸어갑니다

새가 되고 싶은 나

박진형

꽃이 새가 될 수 있다면
나무가 새가 될 수 있다면
돌멩이가 새가 될 수 있다면
땅따먹힌 땅이 새가 될 수 있다면
검은 비닐이 새가 될 수 있다면
오색 풍선이 새가 될 수 있다면
구름이 새가 될 수 있다면

자유가 자유를 그리워하듯
그대가 눈물뿐인 사랑을 끌어안듯
새가 비로소 새가 되듯

히스테리시스 6

저 나무 저 자리서 저렇게 평생을 살겠구나

사람도 깃발 하나에 평생을 살아가지만
한순간 팔자를 던지며
너의, 뿌리를 본 적 있다

칼바람에 깃발처럼
무언가를 찾아 헤매던 내 젊은 날처럼
목말라 발버둥친 검은 상처가 있고
땅 위의 가지만큼 땅 속에서도
악착같이 산 흔적이 실핏줄같이 뻗어 있다

얼마나 처절했는가는 뿌리를 보면 안다

그러나 불수의근不隨意筋
그 바람이 너의 뿌리인 것을

겨울 가야산

배창환

눈 덮인 가야산에 새벽 햇살 점점이 붉다
직선에 가까운, 굵은 먹을 주욱 그어
하늘 경계를 또렷이 판각하는 지금이
내가 본 그의 얼굴 중 가장 장엄한 순간이다

그 앞에선 언제나 엎드리고 싶어지는
저 산의 뿌리는 쩡쩡한 얼음 속처럼 깊고 고요해도
곡괭이로 깡깡 쳐보면 따뜻한 생피가 금세 튀어 올라
내 얼굴 환히 적셔줄 듯 눈부신데

사람에게도 그런 순간이 찾아오기라도 한다면
언제쯤일까, 저 산과 내가 가장 닮아 있을 때는

상강

변희수

이해한다, 이해한다 그렇게 말하면서도
아무것도 이해하지 못한 사람처럼

혼자 남아서 풀밭의 범위를 그려보는 일
어디까지나 추측에 불과한 일

푸른 부분이 남아 있다고
세계를 지속하면 안 되겠느냐고 되물어볼 때

바깥이 생기면 질문들은
알 수 없는 넓이를 가지게 되겠지

괜찮다, 괜찮다 그러면서
마음이 아니라 순전히 마음이라 그러면서

누군가 앉았던 풀밭에서
넋두리로 자라는 풀이 되어 중얼거렸다

돌

사윤수

어느 골짜기에서
고르고 골라도 이리 슬픈 돌을 골라
씻고 닦고 말려서 주머니에 넣고 다니며
시시때때 꺼내보고 입 맞추고
얼굴에도 대어보고
알면서도 가끔은
당신 어디에 있다가 이제 왔느냐고 물어보고
밤이 오면 가슴속에 묻어
그게 내 생의 이불이라 덮어주며
남은 나날을 노을 속으로 걸어갈 때
눈에 넣어도 아프지 않을
돌 하나
눈에 밟히는
슬픔 하나

이사

서종택

마당이 마음에 들어
십 년 넘게 살던 집
때가 되어 떠나게 되었답니다
마당은 물론 방도 두 칸이나 줄었으니
아끼던 살림살이
아낌없이 버리지 않을 수 없었답니다
한 권, 한 권, 모았던 책만 수천 권
무더기로 묶어 버릴 때
평생 공부 쓰레기였구나 생각했지요
그래도 버리지 못한 물건 아직 많아서
이번 이사도 제 마음에 드는 건 아니랍니다
날마다 만나도 그리운 당신,
언제쯤이면
당신 집으로 영영 이사하기 위하여
가진 것 다 버리는 즐거움
알게 될까요

내가 생각하는 것

서지월

내가 생각하는 것은
생각하지 않는 것과 항시
그늘을 지어 보이면서 형체는 없지만
뒤켠의 생각하지 않는 것까지 불러온다
생각해 보라 나무가 그림자를 만들고
흙이 사람을 만들고 물방울이 모여
구름을 만들 듯, 나는 항시
내가 서 있는 곳이나 앉아 있는 곳에서
떨어져 있는 거리의
존재하는 것들을 생각하고
생각하지 않은 것까지 생각의 테두리
안으로 들어오는 것을 막을 수 없고 보면
남들이 나를 생각하는 그 뒤켠의
엉뚱한 것들까지 불러들임을
나는 전혀 생각지 못하는 것 같으니

바닷물보다 눈물이 더 많다

서하

누가 저 달 좀 꺼내주세요

밀물에도 글썽

썰물에도 글썽

사람 그리운 병 도지는 낮달을 품고

반짝 눈물로 살아가는 간월암,

그 누구도 울 일 없기를

또 한바탕

뒤척이는 간절함

무시래기

손수여

대관절 무슨 까닭에
몸뚱이를 땅 속에 숨기고 살았더냐

단칼에
참수형을
당하고도

줄
줄
이
끌려 온

영어囹圄의 저 몸

작년

송재학

며칠을 헐었더니
한 해가 시름시름 재빨리 지나갔다

양파처럼

송진환

살면서,
어디까지가 껍질이고 알맹인지 알 수 없어, 때로는
껍질이 알맹이 되고
알맹이도 껍질 되어
껍질과 알맹이의 경계는 늘 모호하다
그건 믿음에 따른 가변적 속성 때문이다
그런데,
그 믿음마저 가변적이라
껍질과 알맹이의 경계 자주 놓친다

양파를 까다 문득 그 경계 부질없이 궁금하다

안부

송화

덜커덩거리는 하루는
무질서 속에서도
제 길을 걸어가고
그 하루,
마지막 가는 길 저토록 찬란한 빛이라니
나 언제 저런 빛으로 살다
훨훨 길 떠날 수 있을까

이음줄 하나로 버텼을 지난 날
언젠가
손 흔들고 가야 할 시간

그쪽 하늘에도
비바람 불고 붉은 해
가끔 눈부시게 뜬다고 했던가
아직 가보지 않은 곳
그곳에도 지금쯤
선들바람 앞세워 이 계절을 건너고 있을까

뭉글뭉글한 힘

신영조

너를 보면 뜨거워진다
문드러지고 일그러진 달덩이

비지도 자신의 눈물 한 바가지가 익어서 뜨겁다
목구멍에 넘어가는 찰나의 눈물은 뜨겁다
죽어서 누구의 입에 들어가면 그것은 아름다운 양식이다

우리 마누라 가슴 속에 피어난 암 덩이가
콩알처럼 예쁘게 내 가슴에 머물다
달빛처럼 머물다 비지처럼 조용히 떠나갔으면
그것도 아름다운 주차구역이었다고 위로하겠다

달덩이처럼 단단하게 뭉쳐져 있던 날들이
뭉글뭉글 비지처럼 흐트러져도 좋겠다
뭉글뭉글 비지처럼 부드러운 힘으로 넘어가면 좋겠다

덤덤, 그 이상의

신윤자

정형병동 엘리베이터앞
단봇짐에 중절모 쓴 노신사를 배웅하는
체격이 배나 되는 할머니
휠체어를 가득 채운 모습으로

들고 가시겠습니꺼?

무거우면 내려놓으시이소!

조심히 가시이소!

덤덤한 듯하지만 결코 덤덤하지만은 않은 염려
변변히 돌아오는 응대는 없어도
오랜 세월 함께한 모습만으로도 답이 된다는 것을
한번 지난 시간은 다시 오지 않을 쯤의
이별 풍경에서

새로운 듯, 바라본 정형병동에서의 내 어느날

젊은 사랑

오늘 아침은
어제 아침에 비해
태양이 하루 더 늙은 아침입니다
하지만 오늘 저녁에 비해
달이 한나절 젊은 아침입니다

우린 지금
많이 젊은 사랑입니다
후회에 비해

허수어미

심수자

잠시 눈 감았다 뜨자, 추수는 끝났다

노랑 다홍 치마저고리에
선명하게 남은
인두자국 흐릿해지는 사이
은박 금박 기억들, 바래어졌다

잃은 것도, 얻은 것도
간직할 것도, 없다는 듯

흐릿한 내 눈빛과 똑 닮았다

들꽃

안연화

밀당하는 혀는
서로 다른 덩치의 돌담처럼
헝클어지고 허물어진다

오늘의 향기는
내일의 열매가 되어
또 다른 밀당을 하고

오월, 나비 일기

안윤하

이제까지 내가 나비였을까

알에서 깨어난 나는
가늠할 수 없는 삶의 무게로
뼈와 살을 키우며 기어다녔다

새벽 명상으로 뽑아낸
끈적한 말들로 나를 가둔다
번데기 껍질 속에서
어둠을 엮어 날개를 만든다

백일기도의 껍질을 찢고
푸르른 여명이 솔잎 사이로 부서져
움츠린 더듬이를 비출 때
오월, 봄을 건너 내일의 나는
날개 활짝 펼친 나비가 될까
황금빛 햇살에 날갯짓하는
노랑나비가 될까

초저녁별

엄원태

저녁이 되자
허기 같은 그늘이 창가에 어른거렸다

속진俗塵 떨치고자 면벽面壁하는 구도자는 아니지만
문자나 톡 하나마저 없이 또 하루를 보냈다

오후엔 바깥에 나가
상수리나무 우듬지의
미열微熱 같은 단내를 더듬어보았다

수관樹冠 기슭과 선명한 가장자리 사이로
오월 하늘이
먼 시냇물처럼 흘러가고 있었다

햇빛은 야위어가면서도
아기단풍 연둣빛 손바닥들을 기어이 관통하고 갔다

오래전 이곳을 지나갔던 것들이
한순간에 한 번 더 우리를 지나가곤 한다

초저녁별 불쑥 손 내미는 때

차별

우영규

참 이상한 일입니다
한밭에서 나고 자란 푸른 생명들인데
왜 우리만 잡풀이라는 이름을 붙여놓고
뽑아내고
짓이기고
외면하고
죽이고
차별하는 겁니까
남아있는 풀들은 뭡니까

잡풀 모가지가 더 꼿꼿해진다

참꽃

유가형

봄,
저 봄이란
우주의 이름 하나를 낳는데
얼마나 힘들었으면
온 산이 막걸리를 독째로
퍼 마신 듯
빨갛게 물던 팔공산 볼 살

데자뷰

윤은희

한 해 서리 잘 짜여 달력에 기록한 날
대구역 지하도 헌책방에 하현달 실루엣
은전 한 닢처럼

보들레르의 고백을 탐독하던 나
시베리아산 위스키 마신 듯 어질머리하고선

빛이 어리다 깜박이다 지워질 듯
그의 엄지손가락 지문이 色을 내다
고백은 무늬 없는 습자지처럼 얇아졌다

不美스러운 새벽을 좋아했을 특별한 친구를 위한 이름이다

가을 엽신

윤일현

이 가을 나
곱게 물든 은행잎이고 싶다
당신을 향한 그리움
겹겹이 엮어 만든 시집 속에
노오란 책갈피로 숨어들어
긴긴 겨울 동안
당신과 오래 눈빛 마주하고 싶다

내편內篇

윤희수

고요가 앉아 책을 읽는다
미동이 다릴 건들거리면서
엠피 듣는다
끄덕이던 미동이 고개를 흔들고
급브레이크로 정지하는 버스
미동이 번잡함에 묻힌다
늙은 가출고양이
책 속에 늘어져 있다

가을 전별

이기철

우리 이별은 붉게 지는 잎처럼 하자
우리 이별은 뭉텅뭉텅 지는 잎 말고
한 잎 두 잎 혼자 지는 잎처럼 하자
생각은 가늘어 초승달에 붙이자
네 목소리 들어오도록 창문은 열어 두자

수수

이동백

아버지 기일 앞둔 그믐날
수수밭 스친다
바람도 없는데 수수 흔들린다
시나브로 어둑해진 하산길
어디 먼 데 꽹과리 소리
가슴까지 차오르는 샛강 건널 때
두근두근 들려오는 어머니 다듬이 소리
새 이불 한 채 지어 두고
어머니 절에 가신다
수수알이 흔들린다
바람도 없는데 어머니
수수보다 더 흔들리신다

돌구멍절 이야기

이무열

어느 해던가
통도사, 해인사, 돌구멍절 세 스님이 오다가다 만나
니 똥 굵네 내 똥 굵네
서로 디따 자기 절집 자랑을 했어

통도사 스님 왈
우리 절 문은 하도 커
하모하모 한 번 열고 처닫을 때마다 문지도리에서
에헴, 쇳가루가 한 말씩 쏟아지는기라

해인사 스님 질세라
우리 절은 스님이 억수로 많아
동짓날 팥죽 끓이는 솥을 휘휘 내저을라카먼
쩝쩝, 배 타고 댕기면서 하지

돌구멍절 스님이라고 야코죽을 수 있나
우리 암자 해우소는 우야면 그리도 깊은지
정월 초하루에 눈 똥이
끌끌, 동짓날에야 철퍼덕 맨바닥에 떨어지지

언놈 똥이 제일 굵을까
팔공산 돌구멍절 찾아가는 길
목탁소리에 길 이자뿌고 날 잡아잡수 허둥거리다 보니
이크 똥짜바리 빠질라
나무아비타불 나무아비타불 옴도로나무아비타불…

부부

이유환

서로가
조금씩 비켜서서
몸을 읽는다
가끔은 햇살이
내려와
한 평 숲을 만들고
더러는
새가 날아와
간밤 달빛 부스러기를
쪼아 먹는다
아득한 길
서로 손을 따스하게 하여
어둠을 나누어 마시며
길을 간다

낙엽

이자규

아름다운 최후를 위해 살았다 푸른 의지로 열렬히 나부꼈다
단풍으로 뜨거웠던 노후가 생의 절정이라서
흙에 들어야할 노래가 흙의 색깔로 천천히
바람이 분다
나무의 사지가 비틀릴수록 그의 내생은 깊어서
가느다란 잎맥이 마지막 입맞춤을 불렀다
가끔 폭설과 함께 자지러지는 울음소리도 새겨졌다

미명을 사르던 가지 끝 지난해 보낸 제 분신들을 알고 있는
인지의 나무

땅에 닿는 순간까지 푸르렀던 의미 모든 것은 기억의 뼈
대로 키가 큰다
낙엽의 주검은
불굴의 그늘이 될 귀환이므로
겨울새 하나 둘 가지에 열리기 시작했다

지우개

이정화

꽃이
가지를 지우고

잎이
꽃을 지우고

바람이 잎을 지우고

여름이 봄을
가을이 그 여름을
겨울이
다시 가을 지워
봄 그리는
셀 수 없는 이 투명!

빈 그릇

이진엽

아침 식탁
하얀 그릇에 따뜻한 쌀밥이 담겨 있다
형광등 불빛에 비치는 작은 쌀알들
수정처럼 반짝인다
비로소 제 본성을 되찾은 밥그릇
담긴 알맹이로
무의미한 껍데기는 더욱 빛난다
진흙처럼 유약한
나의 육신은 보잘 것 없는 빈 그릇
그러나 그 안에 생의 빛이 담길 때
나는 가장 소중해진다

문득 떨어지는 낙엽 하나가

이진흥

지천명에 이르니 모든 것이 부질없다
숨 가쁘게 달려온 길들이 흐릿하게 지워지고
유혹의 붉은 열매도 초점 너머로 물러선다
아직 해는 중천에 떠 있는데
가을 바람소리 문고리를 흔든다
천천히 주위를 돌아보니
앞들 굽은 강이 산그늘 싣고 가고
뒤란 감나무에는 새들도 보이지 않는다
텅 빈 들판에 서서 어디로 가나
어디로 가서 남루의 짐을 내려놓을까
눈을 드니 문득 떨어지는 낙엽 하나가
지평의 서쪽 끝을 흔들고 있다

밝은 교신

이하석

하루에도 수백의 나비들 벌들 활주로 뜨고 내리느라 꽃의
관제탑은 쉴 틈이 없지만, 종일 밝게 펴놓은 교신들로 오늘
도 단 한 건의 항공사고가 없었다

하회

이해리

강이 돌아간다
물이 휘돌아 간다
돌아가면 더 멀고
더 외롭지만
사랑은 조심하는 거라서
맞닥뜨려 범하지 않는
그 마음이 조심이라서
당신 있는 그곳을 휘돌아 간다
그리움이야 반짝이는
그대 곁을 맞대고 가지만
발걸음은 그대보다 먼 곳을
돌아서 간다
인생은 흐르는 거지만
사랑은 조심해 주는 거라서

내 사랑 대구

이해숙

태양은 스스로 익은 감동으로
파란 하늘을 선홍빛 물을 들이는가

저 짙은 노을, 금빛 노래를 부르다가
낙동강 깊이 잦아들며 제 가슴을 칠 때
은은한 달빛을 이 젖줄에 불러다 주는 것일까

금빛은 금빛으로, 은빛은 은빛으로,
연결고리를 달고 내 생을 밝혀 주리니

그 빛들의 울림과 번짐만으로도
나의 하루는 금빛이 되고
은빛이 되는 이 고향 산천지

내게는 해요 달인 대구,
나 어찌 그대 사랑하지 아니하리

체리세이지

이희숙

정원에 입술이 피었다
입술마다 허브향이난다

중학교 1학년 때
영어 선생님을 짝사랑했다

봄 소풍날
빨간 구두 아가씨를 열창하던 선생님

선생님을 바라보던
그날의 내 입술에도 허브향이 났을까

막 사랑을 시작한
입술이 정원 가득 피었다

모든 첫사랑엔
허브향이 난다

트로트

울대로 뽑아 올린 소리

열세 살도 서른 살도
툇마루 오지독에
갑자는 삭혀야한다

그 고개를 넘으려면

단숨에 뽑아 올리는 것 같아도
마중물 꿀꺽꿀꺽 들이키고
꺾고 찌르고 구르고 넘는 고개

엄벙덤벙 홀로 가는 것 같아도
이별의 앞발에 걸려 넘어지거나
눈물의 뒷발에 걸려 넘어지거나

넘어질 듯 일어서서 넘는 그 고개

거울 이야기

임창아

어느 날
내가 찾아 와
나를 바라 볼 때
본론만 있는 표정이 있다

어느 날
내가 찾아 와
나에게 말 걸 때
서론만 내놓는 혀와 입이 있다

가두기엔 조금 버겁고,
지우기엔 조금 아쉬운,

걷는다는 것

장옥관

길에도 등뼈가 있었구나

차도로 다닐 때는 몰랐던
길의 등뼈

인도 한가운데 우둘투둘 뼈마디
샛노랗게 뻗어 있다

등뼈를 밟고
저기 저 사람 더듬더듬 걸음을 만들어내고 있다
밑창이 들릴 때마다 나타나는
생고무 혓바닥

거기까지 가기 위해선
남김없이 일일이 다 핥아야 한다

비칠, 대낮의 허리가 시큰거린다

온몸으로 핥아야 할 시린 뼈마디
내 등짝에도 숨어 있다

섬

장하빈

사람들은 바다에 배를 띄우고
섬과 섬 사이 다리를 놓았다

그러자
섬이 사라졌다
세상의 모든 그리움이 사라졌다

단풍

전태련

너와의 기억에서 덧셈과 뺄셈이 끝났는데

아직,

이만큼의 사랑이 남았다

네가 깃들었던 그 빈 곳에

곱절의 그리움이 붐비고

세상 어떤 것으로도 상쇄될 수 없는

네가 남았다

林塘 墓祀 가는 길

정경진

아침 일찍 서둘러 나선 길 포도밭 연밭 지나자
연기처럼 사라진 시골길 옆집 논밭 감나무 대신
시원하게 뻥! 뚫린 화끈따끈 널따랗고 길쭉한 길
펑! 막아선 골목대장 하늘땅 손잡은 민들레 홀씨들
훅! 불면 날아갈 듯한 함박눈 먹인 뽀오얀 모시옷 걸쳐입고
덩달아 옷 입힌 복실 강아지 앞세우고
냉장고 문 일제히 열어 젖혔다
과일 속 지도 그리는 간 큰 벌레처럼
임호서원 눌러 논 내비게이션 가야 할 길
끌쩍끌쩍 끄집어 내고 자동차는 꽉 막힌 안개 속을
긴가민가 저울질하며 간다

도시의 허수아비

정대호

아침 일찍 가방 하나 들고
오늘 만나야 할 사람들을 챙긴다.

사람 앞에 서서
말을 잃어 버렸다
눈웃음치는 탈 하나 얼굴에 얹고
그의 머릿속을 열심히 읽으며
그의 표정 따라 내 말도 흘러가고

늦은 밤, 소주 한 잔 걸치고
대문 앞에 서면
전등불 속 환히 드러난
텅 빈 껍데기 허수아비 하나.

도배장이

정숙

왜 벽만 보이는 걸까
벽이 내 앞을 가로막아 설 때마다
활짝 웃는 장미꽃무늬 벽지를 바른다
간혹 다 떼어내지 못한 가시발톱이
줄을 세우기도 하지만
무작정 그 위에 연꽃 도배지를 눌러 바른다
삶이 뿌리는 저 검은 그림자들
앞을 보나, 뒤돌아보나 벽이 길 막고 서 있다
사랑하는 이들 사이 애증과
꽃과 꽃가시 사이
해맑은 웃음과 눈물 사이
모든 틈새에 벽지를 발라 위장해야 한다며
없는 벽, 쌓기도 하는 난 허술하고도
시시한 시, 도배장이

땅따먹기놀이

정유정

동그마니 빈집만 남겨놓고 당신은 떠났습니다
민들레 씀바귀 제비꽃이나 잡풀들
자꾸만 옆으로 기어나가고, 키 큰 포풀러는요
무너진 담장마당 땅따먹기놀이 흔적 지우며
키 작은 풀들을 달래곤 해요
먼 세상 돌아와 스러진 빈집에서
빙글빙글 맴도는 바람이
조금씩 마른땅을 먹어갑니다
민들레 달개비 혹은 질경이나 쇠비름처럼요
빈집 마당가
당신이 그어 놓은 금들 위로 바람이 머물러 있듯
나는 아직도 조그만 땅을 먹고 삽니다
아껴가며 해 그늘 아래 숨겨두고요

돌멩이

말하지 않으니
물어볼 수도 없다
홀로 박혀 있는 시간이 깊어
몸속에서 물소리가 난다
바람과 나뭇잎들이 덮쳐 와
앞은 보이지 않는다
오로지 속으로만 울고 웃는 게
부처 같다, 나 같다

허기

정재숙

내 피의 속성이 사랑하는 일인 줄
저무는 노을빛을 보고서야 알아채다니요

먹어도 먹어도 허기가 지는 날들
더 이상 아무것도 먹을 것이 없어야 해방될
내 슬픈 배고픔은
노을빛보다 더 핏빛입니다

오늘 저녁에는
아무리 당신을 향해 주파수를 맞추어도
수신불능의 빨간 불만 완강한 거부의 몸짓으로
고함을 지르고 있고
늘 그랬던 것보다 더 배가 고픕니다

이제 무엇을 먹어야 할까요
사랑은
해질 녘 잠시 붉게 타다 스러지는
허기인 줄
왜 이제껏 몰랐을까요

곰소에서

정하해

한 사람 고요가
염전 위로 쓰러져 눕는다
바다를 물고 멀리 날아가는, 새를 바라보며
오래 삭혀진 서쪽이 가을이었다
이 거대한 울력을
청산에 묻어놓고
가을은 꽉 다문 채 말없이 왔지만
염부들의 뒷모습은
예불을 끝낸 듯 경건하다
곰소만 전부를 흰 뜰에 초대한
저기,
나는 여기까지였다

벚꽃 후기

지정애

벚꽃을 보러 갔네
내일 비 온다는데,
막차에 매달린 기분으로

벚꽃나무는 이사 나간 집처럼 어수선했네
바람이 여러 번 다녀간 흔적이 도처에 뚫려있네

축제의 막이 내린 희미한 골목을 휘돌아 나오네
내년에 오라는 속삭임이 명치를 찌르네

그 말이
밤기차를 타고 떠난 사람의 어깨처럼 글썽이네

얼음에 갇혀 있던 통증이 내게로 돌아왔네
꽃을 검정으로 덮어씌웠던 날들이
무량한 꽃잎으로 피어나네

온몸에 눈을 달고 그날의 벚꽃 찾으러 가네

길에 얼싸 안겨 분홍 숲의 미아가 되어도 좋겠네

칸나

차회분

반딧불로 터지는 울음소리
어둠속에서 본다

궁기의 날들, 절룩이며 걸어오신 아버지
피 토하고 죽던 날

화단의 칸나는 컹, 컹 울었다

횡단보도 앞에서 먼저 내미는 한 발
주머니 속을 호작거리는 손

신호등이 칸나처럼 반짝인다

멈칫,
목울대 세운다

바람의 끝

최애란

바람도 많은 새해
와룡산은 머리가 무겁다
바람보다 무거운 바람
누워서 받아 내고 있다
용의 머리에 서서 나는
풍선을 바투 잡고
바람이 새지 않게 바람을 빼곡 적는다

너는 알고 있다
골목골목 길을 낸 바람도
뼛속까지 바람 든 나도
지고 피는 바람이라는 걸
바람의 끝은 끝이 없다는 걸
올해도
뱃속까지 바람 든 풍선을 바람에 실어 보냈다

내 사랑 마스터, 키

최연수

구멍 속은 오리무중이다
헝클어진 실꾸리였다
풀려고 하면 할수록 더 꼬이는 그와의 관계
열쇠점을 들러 만능키를 찾는다
자물통과 열쇠를 통째로 팔기도 하는 무허가 샷시 지붕 위
어딘가로 스미기 위해 빗방울들 온몸 들이대고 있다 그들이
끌고 온 길이 파편처럼 튀어올랐다 사라지고 미안하듯 몸 낮
춘 지붕이 그 퉁퉁거리는 소릴 가만가만 다 받아안는 여기,
구멍을 뚫어야 할 열쇠들이 꾸러미에 엮여
한여름을 견디고 있다
초목을 여는 뿔소 떼처럼
새벽을 여는 어둠처럼
짝을 찾고 있는
밥 먹는 일이나,
집으로 들고 나는 일이나 메우기 위한 일
닮은 것 같으면서도
닮지 않은 몸, 몸집들
어디에나 맞추어진다는 건 얼마나 좋은가
마스터키처럼 세상의 몸을 여는 일,
내 입술만 살짝 대어도 활짝 열리는
그 남자

꿀밤 한 대 맞고 싶다

하청호

꿀밤 한 대 맞고 싶다
사람답지 못했을 때 맞는
눈물 나는 꿀밤 한 대
이제 꿀밤 줄 맑은 영혼은 없다
엎질러지고, 헝클어진 삶에
꿀밤 줄 손이 없다는 것은
참 아득한 일이다
빈손이 부끄러워 산에 올라
도토리나무 밑에 앉았다
딱— 누가 꿀밤 한 대 주고 간다
눈물 나게 고마운 가을이다

단디

한상권

책도 단디 읽고
밥도 단디 먹는 거다
사랑도 단디하고
외로우면
외로움도 단디하는 거다

너를 만나기 전
작약도 그랬다

희망사항

홍승우

꽃이 되려 한다
아니 질긴 풀이 되려 한다

꽃이
풀이 아니라도
진정 퍼덕이며 자유의 날개를 다는 새가 되려 한다

나의 이웃이 웃음을 띠울 때도
우리의 이웃이 귀찮게 눈물을 강요할 때에도
짜증 없이 새가 되려 한다
구름과 바람과 비와 바위가 아니라도
몇 날의 밤과 그 불빛에 묻어 나오는 한 줄기의 빛
바람이 숲에 머무를 때
이 땅의 풀잎은
하루를 건강히 지키며 흔들리고 있다

쏟아지는 새들을 배게 밑에 심었습니다

홍영숙

읽다만 시집을 펼치자 비가 쏟아집니다
시도 집도 온통 캄캄,
마침 잘 된 일이라 생각합니다

하늘을 믿지는 않지만
우산을 펴지 말 걸 후회하지 않습니다

왠지 색, 다른 빨강페인트 통, 파란수국 옆에 노랑달팽이

골목이 악보 속 음표처럼 전신주를 타고 미끄러집니다

음악이 아니어도 노래가 되고
흥겹지 않아도 어깨가 출렁이고

눈부시지 않아 찬란한 오후,

시의 집 바깥에는 시 아닌 시들 우후죽순 피어나고
구름의 뱃속에서 새들이 후두둑

쏟아지는 새들을 베개 밑에 심었습니다

나는 새들을 믿지는 않지만
우산을 접지 말 걸 후회도 하지 않습니다

옴팡집

홍준표

집이 사람을 이기면 못 쓴다면서
단출한 몸매 어머니는
지붕 낮은 집을 선호하셨다

건사할 일들이 체중을 넘어서면
못된 뿔이 숨통을 막아선다며
넝쿨손 화초들을 키우셨다

민들레는 민들레 몸에 맞게
오소리는 오소리 몸에 맞게
땅과 공중에 파는 토굴
밑돌만큼은 튼튼한 집으로 옮기셨다

낡은 소쿠리 구멍 헝겊으로 덧댄 듯
알뜰살뜰 작은 집에
우리 집 화초들은 봄 햇살처럼 살았다

이 빠진 사기그릇도 제 행세하던
겉보다 속이 넓던
소쿠리 터 그 옴팡집

반곡지*

황명자

길의 감정이 들어와 눈물을 만들어낸다지
이른 아침 인적 없는 고갯길을 넘어보지 않으면 모를 일.
그래서 이른 아침이면 온갖 산짐승들이 늑대울음으로
우짖는 것인가,
누군가를 떠나오는 길
또 보내고 오는 길
그리고 누군가의 뒷모습이 마지막인 줄도 모르고
손 흔들고 돌아오는 길
반곡지 노목 옆에 숨어 길이 흘리는 눈물 보았다
안개라고도 하고 이슬이라고도 하는데
길이 흘리는 눈물이다
슬프단 생각이 울렁울렁 올라오는 걸 보니
눈물이 왈칵 쏟아지는 걸 보니
길의 눈물임이 자명하다
못은 이미 여러 차례
슬픔을 걷어내고 있다
뿌옇고 습기 찬 안개 같은 눈물 흩뿌리면서

* 경산시 남산면에 있는 못

저 어린 것들

수없이 많은 솔방울을 달고
소나무는 죽었다

올망졸망한 어린것들
눈이 까맣다

솔잎 누렇게 변해 다 떨어져도
그냥 달려있는 저 어린것들
비바람에 젖고 있는 울음 같은 눈망울들

하늘의 허공을 붙잡고
안간힘으로 버티고 있다

인연

황인동

술은
아예 못 마십니다
담배는
피우다 끊었습니다
이제 하나 남은
님과의 인연마저 끊어지면
나는,
돌이 될겁니다